AF324454

Collection

M. LÉGUILLON

OBJETS D'ART

HAUTE CURIOSITÉ

DU MOYEN AGE ET DE LA RENAISSANCE

EXEMPLAIRE DE H. STETTINER

PARIS — 1895

CATALOGUE

DES

OBJETS D'ART

ET DE

HAUTE CURIOSITÉ

DU MOYEN AGE ET DE LA RENAISSANCE

IVOIRES. ÉMAUX CHAMPLEVÉS

Orfèvrerie, Bijoux

ÉMAUX PEINTS

Faïences italiennes, de Rouen, de Delft. etc.

PLATS DE BERNARD PALISSY

BRONZES

COMPOSANT LA COLLECTION DE M. LÉGUILLON

ET DONT LA VENTE AURA LIEU

HOTEL DROUOT, SALLE N° 8

Le Lundi 9 Décembre 1895, à deux heures et demie

COMMISSAIRE-PRISEUR	EXPERTS
Me PAUL CHEVALLIER	MM. MANNHEIM Père & Fils
10, rue de la Grange-Batelière, 10	7, rue Saint-Georges, 7

EXPOSITIONS

PARTICULIÈRE : *Le Samedi 7 Décembre 1895, de 1 h. 1/2 à 5 h. 1/2*

PUBLIQUE : *Le Dimanche 8 Décembre 1895, de 1 h. 1/2 à 5 h. 1/2*

ENTRÉE PAR LA RUE GRANGE-BATELIÈRE

Paris. — Imprimerie de l'Art, E. Moreau et Cⁱᵉ, 41, rue de la Victoire.

N° 1

N° 2

Désignation des Objets

IVOIRES

1 — **Polyptyque.** Ivoire. Art français, XIV⁰ siècle.

La partie centrale est formée par un édicule composé de deux minces colonnettes supportant une arcature trilobée surmontée d'un gable d'architecture orné de crochets sur ses rampants. Sous cet édicule est debout la Vierge couronnée, vêtue d'une longue robe et d'un grand manteau dont les plis viennent se draper sur le bras gauche dont elle soutient l'Enfant-Jésus. Celui-ci, de la main gauche, tient une pomme; de la droite, la Vierge tient une rose. Sur les volets sont figurées à gauche l'Annonciation et l'Adoration des Mages; à droite, la Nativité et la Présentation au Temple. Les personnages sont abrités par des arcatures trilobées de style gothique. Très nombreuses traces de peinture et de dorure.

Haut., 168 millim.; larg. (ouvert), 120 millim.; long. (fermé), 50 millim.

(Ancienne collection Magniac, n⁰ 257.)

2 — **Diptyque.** Ivoire. Travail français. XIV⁰ siècle.

Chacun des volets de ce diptyque est divisé en deux registres surmontés chacun d'une série d'arcades trilobées. Sur chaque registre sont représentés deux sujets :

Premier registre à gauche : l'Annonciation; la Visitation.

Deuxième registre : la Présentation au Temple; Jésus enfant disputant avec les docteurs.

Premier registre à droite : la Nativité et l'Annonce aux bergers;
l'Adoration des Mages.

Deuxième registre : le Christ attaché à une colonne et fouetté;
la Crucifixion.

Nombreuses traces de peinture et de dorure.

Haut., 152 millim.; largeur de chaque volet, 101 millim.

(Ancienne collection Spitzer, n° 132.) *1350*

3 — **Peigne.** Ivoire. Travail italien, XVIᵉ siècle.

Ce peigne double, de forme rectangulaire, est orné de bas-reliefs
sur ses deux faces.

Face. Scène de vendange. Les deux extrémités de ce bas-relief
sont occupées par des médaillons circulaires entourés d'un tore de
laurier. Dans l'un est représenté Mercure; dans l'autre, Mars nu
et casqué, assis sur un trophée et caressant l'Amour.

Revers. Une Bacchanale.

Aux extrémités du peigne, deux vases d'où sortent des tiges de
fleurs et de rinceaux.

Haut., 100 millim.; larg., 136 millim.

(Ancienne collection Spitzer, n° 180.) *2250*

EMAUX CHAMPLEVÉS

4 — **Plaque.** Cuivre champlevé et émaillé. Travail des bords du Rhin,
XIIᵉ siècle.

La Crucifixion. Au centre, le Christ fixé à la croix par quatre
clous. A gauche, la Vierge debout, nimbée, vêtue de long, les
mains jointes. A droite, saint Jean debout, nimbé, barbu, étend la
main droite et tient de la gauche un livre fermé.

Personnages émaillés sur un fond uni de cuivre doré.

Haut., 100 millim.; larg., 100 millim.

(Ancienne collection Spitzer, n° 222.) *3000*

Collection Léguillon.

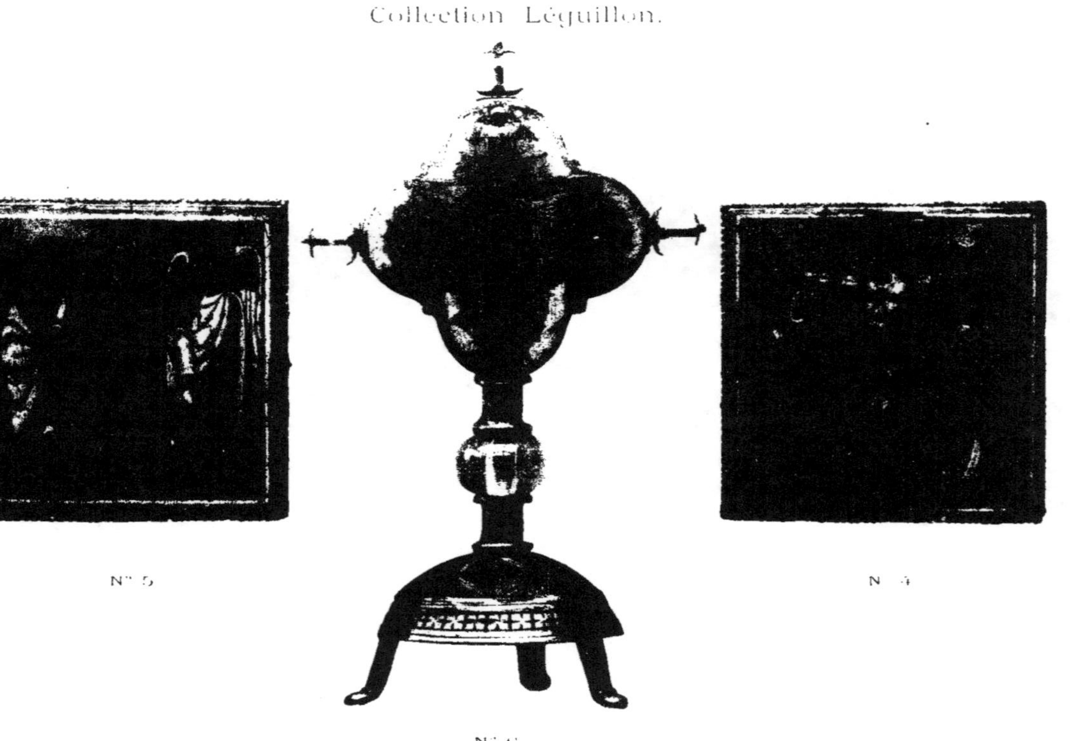

5 — **Plaque.** Cuivre champlevé et émaillé. Travail des bords du Rhin,
xɪɪᵉ siècle.

Le Baptême du Christ. Le Christ, debout et nu au milieu des
flots du Jourdain, de la main droite fait le geste de la bénédiction,
tandis que saint Jean, debout à gauche, drapé dans une peau de
bête sauvage répand sur sa tête l'eau du baptême. A droite, un
ange debout, vêtu d'une longue tunique et portant le vêtement du
Christ. Personnages gravés et niellés d'émail bleu, réservés sur
champ d'or.

Haut , 103 millim.; larg., 103 millim.

(Ancienne collection Spitzer, n° 216.)

6 — **Reliquaire.** Cuivre champlevé et émaillé. Travail des bords du
Rhin, xɪɪɪᵉ siècle.

Le reliquaire porte sur un support hémisphérique émaillé, muni
de trois pieds et bordé d'un bandeau sur lequel sont gravées des
croisettes. La tige est interrompue par un nœud formé d'un cabo-
chon de cristal de roche. Le reliquaire lui-même est en forme de
quadrilobe et cantonné de cabochons de cristal. Sur la face est
représentée la Crucifixion. Au revers, on voit l'Agneau mystique
dans une auréole circulaire cantonnée des symboles des Évangélistes sur champ quadrillé et niellé d'émail rouge.

Haut.. 205 millim.: diamètre du pied. 76 millim.

(Ancienne collection Spitzer, n° 243.)

Décrit dans *l'Histoire de la verrerie et de l'émaillerie,*
par M. Édouard Garnier.

7 — **Plaque de reliure.** Cuivre champlevé et émaillé et filigrane en
argent doré. Travail français. Limoges, xɪɪɪᵉ siècle.

Au centre, sur une plaque placée plus bas que les bords, la
Crucifixion. A gauche et à droite de la croix, la Vierge et saint
Jean debout. Un titulus et la main de Dieu bénissante surmontent
la croix qui est ornée à sa base de la tête d'Adam.

Une première bordure taludée encadre la composition centrale;
elle est limitée par deux tiges de métal guilloché et recouverte

d'élégants rinceaux de filigrane au milieu desquels sont enchâssés des cabochons, saphirs, améthystes et émeraudes.

Une seconde bordure est formée par quatre plaques émaillées, ornées de rinceaux et de figures d'anges gravées.

Haut., 315 millim.; larg., 208 millim.

(*Ancienne collection Spitzer, n° 256.*) **5600**

8 — Crosse. Cuivre champlevé et émaillé. Travail français. Limoges, XIIIe siècle.

La douille est ornée d'imbrications exécutées en émail bleu; elle est flanquée de trois dragons en relief rapportés, semés de perles d'émail bleu turquoise, dont les queues s'enroulent au-dessous du nœud.

Le nœud est orné de dragons entrelacés. La volute, terminée par un fleuron, est entièrement recouverte d'imbrications. Au centre de la volute est représentée l'Annonciation.

Haut., 325 millim.; diamètre de la volute, 125 millim.

(*Ancienne collection Spitzer, n° 270.*) **5150**

9 — Châsse. Cuivre champlevé et émaillé. Art français. Limoges, commencement du XIIIe siècle.

Elle est en forme de maison et composée de plaques de cuivre champlevé, émaillé et doré, appliquées sur une âme de bois. Sur le toit, à la partie antérieure, on assiste aux différentes phases du martyre d'une sainte. La sainte, couronnée et vêtue de long, est amenée par un soldat armé d'une épée devant un personnage assis, tenant en main un sceptre, sans doute un proconsul. A la partie droite de la même plaque, la sainte, agenouillée, est décapitée par le soldat. Sur la caisse, cinq apôtres debout dans différentes attitudes et tenant des livres fermés. Au revers, sur la plaque formant le toit, sont figurés, à droite : les trois saintes femmes visitant le sépulcre : un ange assis sur le bord du sarcophage leur apprend que le Christ est ressuscité; à gauche, le *Noli me tangere*; le Christ tient en main une longue croix. Sur la

Collection Léguillon.

N° 11

N° 7

N° 8

caisse, cinq apôtres debout comme sur la partie antérieure de la châsse. L'extrémité de gauche offre une figure de saint Paul, debout, portant l'épée qui lui sert d'attribut; à l'extrémité de droite s'ouvre la porte de la châsse. Cette porte est moderne ainsi que les bandes gemmées qui entourent toutes les plaques de la châsse. La crête, ancienne, percée d'ouvertures en forme d'entrée de serrure, gravée, est sommée de trois boules de cristal. Les personnages se détachent en relief sur un fond d'émail bleu diapré de grands rinceaux terminés par des fleurons épanouis.

Haut., 355 millim.; long., 350 millim.; larg., 150 millim.

(Ancienne collection Magniac, n° 497.)

EMAIL TRANSLUCIDE

10 — Mors de chape. Émail translucide. Art italien. xve siècle.

De forme circulaire, ce mors se compose d'une plaque d'argent doré sur laquelle a été repoussé en relief un médaillon quadrilobé, chacun des lobes étant séparé du suivant par un redan. Dans les écoinçons sont percées des ouvertures en forme de trèfle. Sur ce fond sont appliqués, au centre, un médaillon en émail translucide représentant le Christ, à mi-corps, nimbé, bénissant de la main droite et tenant de la gauche le livre de vie : quatre autres médaillons circulaires, également en émail translucide, cantonnant ce médaillon central : on y a figuré les symboles des évangélistes. Entre ces médaillons, quatre chatons rectangulaires enchâssant des pierres.

Écrin en cuir noir gaufré de même époque.

Diam . 122 millim

(Ancienne collective Magniac, n° 800.)

Reproduit par Shaw. The decorative arts ecclesiastical...
of the middle ages.

ORFÉVRERIE ET BIJOUX

11 — Baiser de paix. Cuivre doré et argent niellé. Travail florentin, xv° siècle.

La monture du baiser de paix se compose d'un large bandeau de cuivre doré, repercé à jour, semé de gros clous d'argent. Elle repose sur quatre pieds en forme de boule. Le sommet est décoré de volutes encadrant des pommes de pin. Au centre est fixé un niellé divisé en deux registres ; en bas, la Mort de la Vierge ; en haut, l'Assomption.

Sur l'encadrement sont fixés, à droite et à gauche, deux écussons émaillés ; ils offrent les armes de deux familles florentines : les Pandolfini et les Neroni.

Le revers est composé d'une plaque de cuivre ornée de feuillages gravés sur un fond maté.

La poignée est de travail moderne.

Haut., 285 millim.; long., 146 millim.

(*Anciennes collections Castellani, n° 475; Stein, n° 199 et Spitzer, n° 333*).

12 — Bijou-Médaillon. Or émaillé. Art italien, xvi° siècle.

Ce médaillon, de forme circulaire, en or ciselé et émaillé, est entouré d'une bordure d'ornements ciselés, repercés à jour et émaillés, formée de volutes séparées par des fleurons sur lesquels sont fixés six petits diamants taillés en table. Sur le médaillon central, on voit Apollon faisant écorcher Marsyas. Marsyas, complètement nu, est attaché à un arbre et Apollon, accroupi près de lui, commence à l'écorcher.

A droite, sont figurés Mars, Vénus et l'Amour ; puis, à l'arrière-plan, plusieurs personnages dont on n'aperçoit que les têtes. Personnages de très haut-relief, en partie émaillés. Fond de paysage et d'architecture très finement exécuté.

Revers ciselé et émaillé, décoré d'un grand motif d'ornement composé d'une rosace centrale, supportant un vase abrité par un

Collection Léguillon.

N° 9

pavillon, accosté de deux figures de génies terminées en gaine supportant des vases. Au bas, une aigle héraldique. Bélière émaillée.

Haut., 65 millim.; larg., 58 millim.

(Ancienne collection Stein, n° 156). 17500

13 — **Pendant de cou.** Jaspe sanguin et or émaillé. Art italien, XVIe siècle.

De forme ovale, il se compose d'un camée de jaspe sanguin, représentant le Christ en buste de profil à droite. La monture, en or émaillé, est munie d'une bélière soutenue par trois petites chaines ; sur les côtés sont des motifs découpés en forme de volute ; au bas, au-dessous d'un motif d'ornement, est suspendue une tête de mort de haut-relief émaillée de blanc. Au revers, une plaque d'or émaillé ornée du monogramme IHS Jésus émaillé de rouge, accompagné d'une croix et des clous de la crucifixion. Des pierreries, rubis ou opales, sont semées sur la face du bijou ou pendent en poire à la partie inférieure.

Haut., 83 millim.; larg., 50 millim.

(Ancienne collection Debruge-Duménil. Catalogue par Jules Labarte, n° 1034).

EMAUX PEINTS

14 — **Plaque rectangulaire.** Émail peint. Attribué à Nardon Pénicaud. Limoges, commencement du XVIe siècle.

La Nativité. En avant de la Crèche, édifice en ruine dans le style de la première Renaissance, est agenouillée, à gauche, la Vierge nimbée qui adore l'Enfant-Jésus étendu sur un pan du manteau de sa mère. A droite, saint Joseph agenouillé, appuyé sur un bâton et tenant un cierge de la main droite. Au second plan, à gauche, le bœuf et l'âne ; à droite, l'Annonce aux bergers. Chairs de ton blanc violacé ; émaux bleu, violet, tanné, vert ; rehauts d'or formant le modelé des vêtements ; orfrois ornés de paillons. Revers opaque noirâtre.

Haut., 215 millim.; larg., 182 millim.

2

15 — **Plaque rectangulaire.** Émail peint. Attribué à Jean II Pénicaud. Limoges, xvie siècle.

La Dialectique. Assise sur une base de pilastre antique, de face et presque complètement nue, elle semble compter sur ses doigts en exposant ses arguments à six enfants nus, ses auditeurs, debout près d'elle et qui semblent discuter entre eux. Sur le devant du siège de la Dialectique, un combat de piétons et de cavaliers. Grisaille. Chairs très légèrement saumonnées. Fond noir semé de points d'or. Dans le haut, l'inscription DIALETICA tracée en or. A gauche, une draperie. Revers de fondant.

Haut., 227 millim.; larg., 168 millim.

(Ancienne collection Stein, n° 65). **3100**

16 — **Portrait d'Antoine de Bourbon.** Émail peint par Léonard Limosin. Limoges, xvie siècle.

Antoine est représenté en buste, de trois quarts à gauche, vêtu d'un pourpoint noir brodé d'or à manches bouffantes. Il porte les cheveux courts, coiffés d'une toque noire brodée et ornée d'une enseigne d'or ; sa moustache et sa barbe courte, divisée en deux pointes, sont blondes ; ses yeux sont bleus. Devant le buste, une draperie verte, éclairée de blanc. A droite, la signature LL. en noir. Fond bleu lapis, cerné de noir et d'or. Revers de fondant.

Médaillon circulaire, cadre en bois sculpté et doré.

Diam., 101 millim.

(Ancienne collection Magniac, n° 398). £ **315**

17 — **Plaque rectangulaire.** Émail peint par Léonard Limosin. Limoges, xvie siècle.

La Crucifixion. Au centre, le Christ crucifié et la Madeleine agenouillée entourant de ses bras la base de la croix. A gauche, la Vierge, une sainte femme et saint Jean levant les mains dans une attitude douloureuse. A droite, Longin et trois guerriers. Au fond, la ville de Jérusalem. Émaux de couleur; paillons. Ciel bleu ponctué d'étoiles d'or. Signé en bas, à droite, sur une pierre : LL en noir. Revers de fondant.

Haut.. 225 millim.; larg., 165 millim.

Collection Léguillon.

N° 14

N° 15

N° 17

Phototypie Berthaud, Paris

18 — **Salière**. Émail peint par Pierre Reymond. Limoges, xvie siècle.

De forme circulaire, tronconique, elle se termine par un plateau au centre duquel est le saleron. Sur la base, on voit Vénus sur un char trainé par des colombes. L'Amour, sur un nuage, vient au devant de sa mère ; deux petits génies ailés, dont l'un joue de la trompette, accompagnent le char ; plus loin, un groupe de femmes et d'hommes en costume du xvie siècle, sur un fond d'architecture. Dans le saleron, un buste d'homme lauré, de style antique, de profil à droite. Encadrement de cuirs découpés accompagnés de mufles de lion et de bouquets de fruits. Grisaille sur fond noir rehaussé d'or. Une partie du sujet est empruntée à l'un des compartiments de l'estampe de Marc-Antoine connue sous le nom de *Quos Ego*. Revers émaillé de blanc. Sous le saleron, la signature *PR*, tracée en or. Sur le bord, en or et noir, l'inscription AVRVM APERIT OMNIA VEL ORCI PORTAS.

Haut., 94 millim.; diam., 113 millim.

19 — **Assiette**. Émail peint par Pierre Reymond. Limoges, xvie siècle.

Le mois de Mars. Deux chasseurs en costume du xvie siècle poursuivent un cerf au milieu d'une forêt ; l'un tire de l'arc, l'autre porte un épieu. Ils sont accompagnés de trois chiens. Sur la bordure, dans des médaillons, l'indication du mois : *MARS* et un taureau, signe du Zodiaque ; cartouches accompagnés de petits centaures. Au revers, un grand cartouche circulaire renfermant un buste de moine, de profil à gauche. Sur le bord, des dragons et des cartouches dans deux desquels on lit la signature ·P·R· et la date 1560. Grisaille sur fond noir. Rehauts d'or.

Diamètre, 176 millim.

20 — **Plaque rectangulaire**. Émail peint par Jean Court dit Vigier. Limoges, 1556.

La Cène. Le fond de la salle où se passe cet épisode de la Passion est percé d'une fenêtre rectangulaire et orné de deux rideaux. Le Christ occupe le centre de la composition de l'autre côté de la table et les apôtres sont rangés symétriquement de chaque côté du Sauveur. Judas est figuré à droite au premier plan, tenant la bourse contenant le prix de sa trahison. A terre, au centre, une urne. Émaux de couleur sur préparation blanche avec dessin en noir. Chairs saumonnées; rehauts d'or. Revers de fondant signé en noir au centre : A LYMOGES · PAR · IEHAN · COVR · DIT · VIGIER · 1556.

Haut., 210 millim.; larg., 175 millim.

21 — **Plat circulaire**. Émail peint par Jean Courteys. Limoges, xviᵉ siècle.

Le mois de juin. Au premier plan, une paysanne assise tondant un mouton ; à gauche, un berger portant un mouton sur ses épaules ; à droite, un autre berger saisissant un autre mouton. Au fond, des troupeaux au milieu d'un paysage ; à droite, une chaumière ; à gauche, un homme et une femme assis sous un arbre. Au bas, l'inscription : IVING. Dans le ciel, le scorpion, signe du Zodiaque. Bordure de rinceaux divisée symétriquement par des bustes d'enfants et un mascaron.

Revers. Un portique abritant une figure de Mars, debout, accompagné de dauphins, de monstres, de volutes, de branches de lauriers ; bordure décorée d'oves.

Grisaille sur fond bleu ; chairs saumonnées, rehauts d'or.

Diam. 267 millim.

FAIENCES ITALIENNES

22 — **Grande coupe**. Gubbio. Maestro Georgio Andreoli, 1527.

Le Dévouement de Curtius. Au centre, Curtius sur un cheval blanc se précipite dans le gouffre. A droite et à gauche, ainsi qu'au second plan, trois groupes de personnages costumés à la romaine, dans différentes attitudes. Au fond, un édifice de style antique surmonté d'une terrasse munie d'une balustrade, derrière laquelle on aperçoit deux groupes de personnages.

Dessin en bistre verdâtre modelé de bistre. Rehauts de blanc dans les lumières. Nombreux rehauts de rouge et de jaune à reflets

Collection Léguillon.

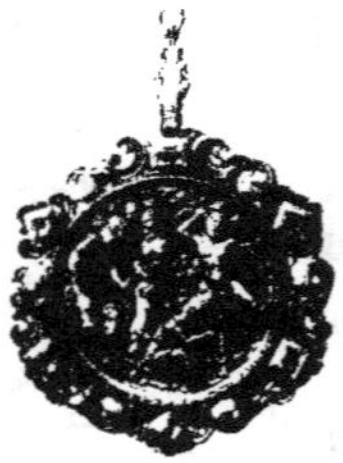

N° 12

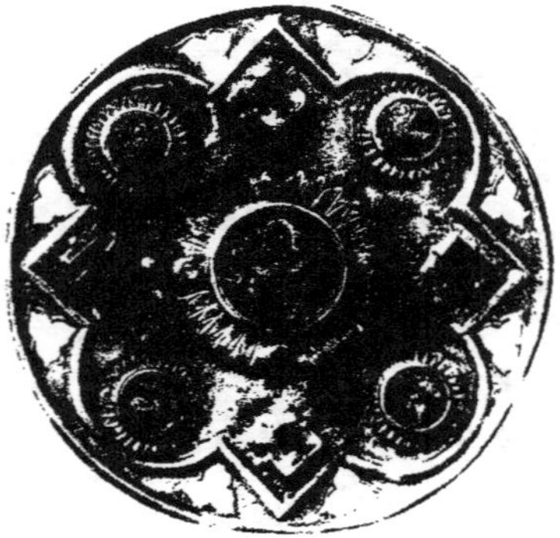

N° 10

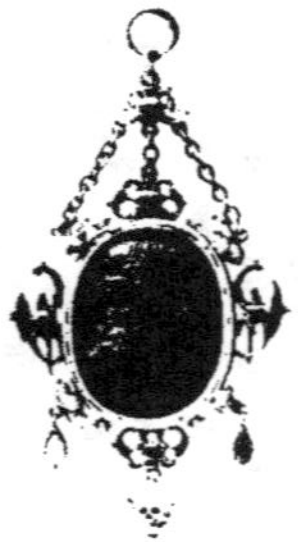

N° 13

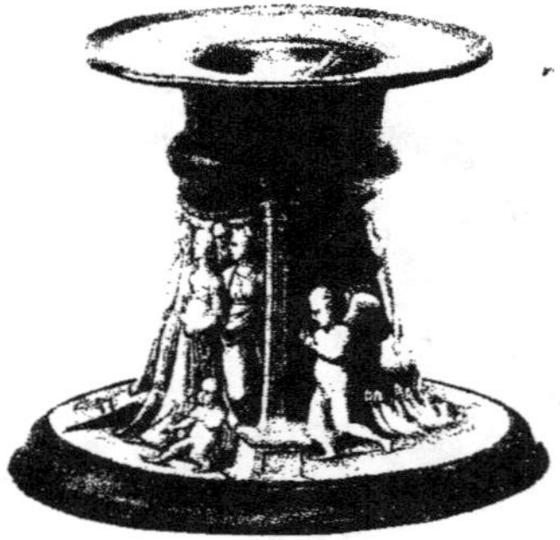

N° 18

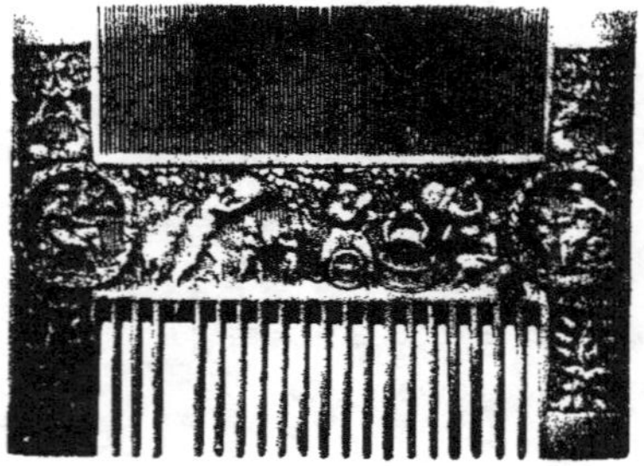

N° 3

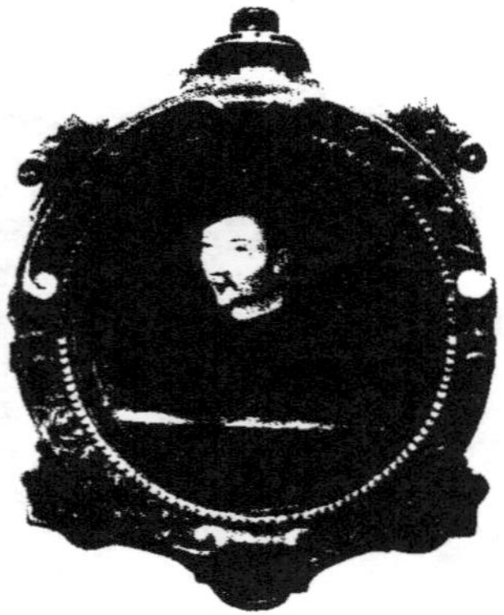

N° 16

métalliques. Au revers, des rinceaux en reflets métalliques, et sous
le pied la signature : *1527. M° G° da Ugubio.*

Diam., 330 millim.

(Ancienne collection d'Yvon, n° 9.) **12862, 50**

23 — **Assiette creuse**. Orazio Fontana. Urbino. xvıᵉ siècle.

L'Enlèvement d'Europe. Europe et ses compagnes entourent
deux taureaux qui occupent le centre de la composition. L'un d'eux
se baisse pour qu'Europe monte sur son dos. Fond de paysage
montagneux et de fabriques. Dans le ciel, Jupiter, à mi-corps,
entouré de nuages, et brandissant la foudre. Dessin en bistre
noirâtre, modelé de bistre roux. Tons bleu éclairé de jaune violacé, jaune foncé modelé de bistre. Bord jaune. Au revers, l'inscription en bleu : *Giove conveso (sic) in toro rapi L'ropa.*

Diam., 268 millim.

24 — **Assiette**. Urbino, xvıᵉ siècle.

Au premier plan, une femme vêtue à l'antique se dirige vers un
guerrier qui tient en main un sabre nu et parait lui parler. A
gauche, un édifice d'architecture de style antique. Au second plan,
le même guerrier est monté sur un char composé d'une coquille
trainée sur la mer par deux chevaux. Fond de montagne et de
fabriques. Dessin en bistre foncé modelé de bistre roux. Tons
noirâtres. Revers d'émail blanc.

Diam., 270 millim.

25 — **Coupe**. Gubbio. Commencement du xvıᵉ siècle.

Au centre, un écusson d'armoiries d'or chargé d'une porte de
ville à deux ouvertures géminées. Sur le bord, des olives en relief
séparées par des fleurons. Dessin en bleu rechampi de bleu, lavé
de rouge rubis et de jaune à reflets métalliques très intenses.
Revers émaillé de blanc.

Diam., 200 millim.

26 — Assiette creuse à larges bords. Faenza. Casa Pirota. Commencement du XVIe siècle.

Le fond est occupé par une figure de sainte à mi-corps, priant, de face, la tête de trois quarts à gauche. Exécutée en camaïeu bleu, blanc et jaune sur fond bleu foncé. Bord décoré d'un ornement symétrique composé de mascarons, de dauphins, de volutes et d'ailes réservés en bleu clair sur fond bleu (berettino) très foncé. Rehauts blancs. Revers émaillé de bleu avec cercles bleu foncé et roux.

Diam. 228 millim.

27 — Coupe godronnée. Faenza. Premier tiers du XVIe siècle.

Sur l'ombilic en relief, formant un médaillon à six pans, Diane, à mi-corps, drapée à l'antique, tenant de la main gauche une flèche. Fond jaune clair. Bord décoré de quartiers bleu lapis, vert clair, bistre roux avec ornements en réserve jaunes, bistre, blancs cernés de bleu et modelés de bistre : feuillages, têtes de chérubins et rinceaux. Au revers, décor en bleu et bistre roux accentuant les reliefs : coquilles ou mascarons. Émail très brillant.

Diam., 268 millim.

28 — Assiette. Castel-Durante, 1547.

Cette assiette, presque plate, à bords plats, est entièrement décorée de trophées d'armes ou d'instruments de musique réservés en blanc modelé de bistre ou de jaune sur fond bleu lapis. Bord jaune. Revers d'émail blanc.

Diam., 238 millim.

FAIENCES DE BERNARD PALISSY

29 — Plat ovale. Bernard Palissy.

La Belle Jardinière. La belle jardinière, assise à droite, est vêtue d'une robe bleue et d'un manteau violet; bord relevé verticalement, jaspé de bleu et de violet et orné de palmettes vertes et

Collection Léguillon.

N° 26

N° 22

N° 25

jaunes séparées par des volutes réservées en blanc. Revers jaspé de bleu et de violet marqué sous le pied de la petite fleur de lys, marque de Palissy.

Long., 240 millim.; larg., 263 millim.

30 — **Corbeille**. Bernard Palissy.

Autour d'un ombilic sur lequel s'épanouit une marguerite sont rangés symétriquement six mascarons, trois d'hommes, trois de femmes, entourés de draperie, surmontés de palmettes. Bordure découpée ornée de fleurettes et de fleurs de camomilles. Fond bleu, décor en relief réservé en blanc ou teinté de jaune, de violet, de bleu ou de vert. Revers jaspé de bleu et de violet.

Diam., 265 millim.

31 — **Corbeille à jour**. Bernard Palissy.

Autour d'une rosace centrale se développe un motif composé d'entrelacs formant des médaillons trilobés renfermant des mascarons entourés de draperies. Entre ces médaillons, des fleurons découpés à jour. Bord décoré de feuilles d'eau, de fleurettes jaunes et de fleurs de camomilles alternant. Bel émail. Revers jaspé de vert, de bleu et de violet.

Diam., 240 millim.

32 — **Plat ovale**. Bernard Palissy.

Plat creux à fond jaune vif sur lequel se détachent des reptiles, des coquillages, des insectes, des feuilles. Au centre, une couleuvre roulée en rond, près de laquelle se trouve une petite écrevisse. Revers verdâtre.

Long., 280 millim.; larg., 218 millim.

BRONZES DE LA RENAISSANCE

33 — **Méléagre**. Bronze. Italie, commencement du XVIᵉ siècle.

Il est représenté debout et nu, la jambe gauche relevée, les bras levés et croisés au-dessus de la tête. Il porte les cheveux longs, retenus par une bandelette. Patine brune.

Socle rectangulaire en granit monté en bronze doré.

Haut., 208 millim.
Hauteur du socle, 150 millim.

34 — Bacchus. Bronze. Italie, xvie siècle.

Debout, une peau de bouc nouée sur l'épaule gauche, couronné de lierre ; de la main droite, relevée au-dessus de la tête, il tient une grappe de raisin ; de la gauche, abaissée, il tient une autre grappe qu'un lion accroupi près du dieu cherche à atteindre.

Socle rectangulaire en granit décoré de bronze doré.

Haut., 213 millim.
Hauteur du socle, 150 millim.

35 — Buste d'homme. Bronze. Italie, xvie siècle.

Le personnage porte la barbe courte et frisée et tourne la tête vers la droite ; ses cheveux sont frisés également. Il est vêtu d'une cuirasse de style antique, une chlamyde est agrafée sur son épaule gauche et drapée sur l'épaule droite. Piédouche pris dans la masse. Patine brune.

Haut , 93 millim.

36 — Saint Marc. Bronze. Italie, xvie siècle.

L'évangéliste est assis sur le lion ailé qui lui sert d'attribut. Vêtu d'une tunique et d'un manteau, de la main gauche il tient un cahier sur lequel il écrit ; base à six pans. Patine noire.

Socle circulaire en bois noir rehaussé de dorure.

Haut., 173 millim.

37 — Lampe. Bronze. École de Padoue. Fin du xve siècle.

De forme allongée, elle est composée d'une tête de satyre, la bouche ouverte, dont le sommet de la tête se recourbant en forme de corne forme l'anse. Patine brune. Socle en porphyre.

Long., 102 millim.; haut., 78 millim.

Collection Léquillon.

N° 29

N° 30

N° 32

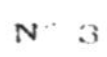

N° 31

FAIENCES DE ROUEN ET AUTRES

38 — Sucrière. Rouen. Commencement du xviiie siècle.

Sur fond d'émail blanc bleuté ; le décor se compose de lambrequins bleus et rouges, d'une course de rinceaux des mêmes couleurs et sur le pied de réserves sur fond bleu semé de rinceaux et de fleurs.

Haut., 230 millim.

39 — Vase. Rouen. Commencement du xviiie siècle.

Piriforme, à double renflement, à huit pans, il repose sur un pied bas également à huit pans. Décor de lambrequins imitant des motifs de ferronnerie, de fleurs et de feuillages en bleu, rouge, vert et jaune sur fond blanc bleuté.

Haut., 160 millim.

40 — Bannette. Rouen, xviiie siècle.

Elle est à huit pans, de forme allongée et munie à ses extrémités de deux anses. Au centre, des cygnes au milieu de plantes d'eau. Sur le bord, décor de style Bérain, à réserves avec guirlandes de roses. Tons bleu, rouge, jaune, vert.

Long., 365 millim.; larg., 243 millim.

41 — Bannette. Rouen, xviiie siècle.

A bords dentelés, elle est décorée en son centre d'un carquois et d'un flambeau surmonté de deux colombes, le tout entouré de fleurs. Sur le bord, décor de compartiments à réserves quadrillées. Tons bleu, vert, jaune, rouge. Anses tordues, décorées de guirlandes de fleurs. Marquée sous une des anses en rouge : B B.

Long., 365 millim.; larg., 225 millim.

3

42 — **Assiette**. Rouen, xviii° siècle.

340 —

Décor bleu foncé sur fond blanc. Au centre, une rosace à réserves blanches ; bordure de lambrequins et de feuillages en bleu avec réserves blanches.

Diam., 235 millim.

43 — **Assiette**. Rouen, xviii° siècle.

385 —

Weinberg

Décor rayonnant en bleu déterminé par des rayons partant d'une rosace centrale occupant le centre de la pièce et divisant la bordure en sept parties offrant chacune une corbeille de fleurs, des volutes et de menus feuillages.

Diam., 246 millim.

44 — **Assiette**. Rouen. Commencement du xviii° siècle.

530 —

Lefrancois, de Rouen

Décor chinois en bleu et rouge sombre : Au centre, un personnage tenant une tige de fleurs, devant lequel s'agenouille un scribe portant des tablettes. A droite, un troisième personnage accroupi. Fond de paysage. Bordure décorée de rosaces et de rinceaux réservés sur fond bleu et rehaussés de rouge.

Diam., 236 millim.

45 — **Assiette**. Rouen, xviii° siècle.

450 —

Lefrancois, de Rouen

Décor en bleu, rouge et jaune d'ocre. Au centre, deux enfants assis : l'un tient une fleur, le second forge sur une enclume. Bordure de style Bérain ; lambrequins et bouquets de fleurs alternant.

Diam., 238 millim.

46 — **Assiette**. Rouen, xviii° siècle.

500 —

Au centre, un panier rempli de fleurs. Sur le bord, de larges motifs composés de volutes affrontées formant des réserves à guillochages rouges séparés par des fleurons bleus et rouges. Marquée au revers, en bleu : G 2.

Diam., 238 millim.

Collection Léguillon.

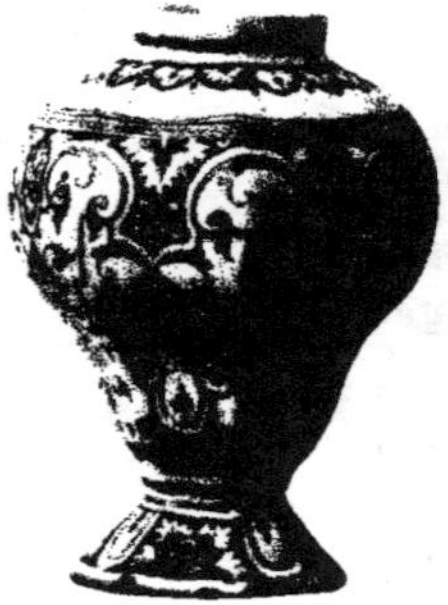

N° 39

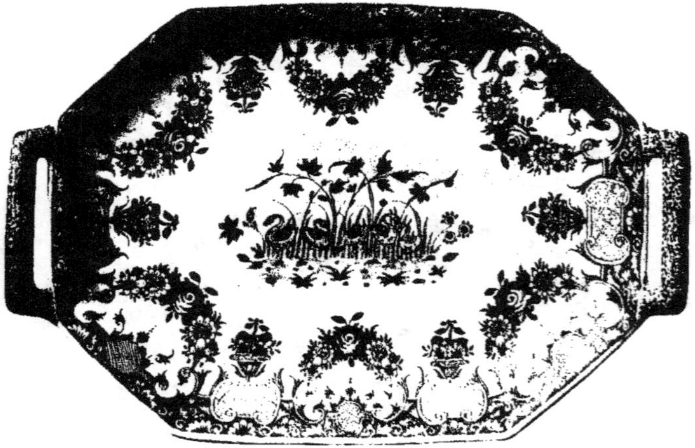

N° 40

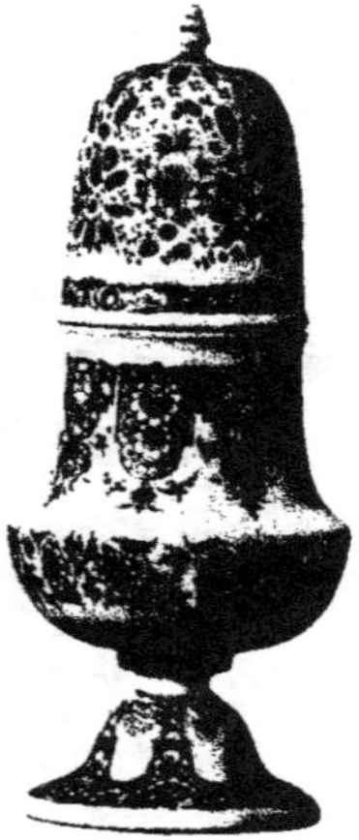

N° 38

47 — **Assiette**. Rouen, xviiie siècle.

Au centre, un lambrequin bleu et rouge surmonté d'un panier
fleuri. Bordure à volutes bleues encadrant des réserves teintées de
rouge alternant avec des guirlandes bleues et rouges.

Diam., 238 millim.

48 — **Assiette**. Rouen, xviiie siècle.

Au centre, un lambrequin surmonté d'un panier fleuri, en bleu
et rouge. Bordure de lambrequins à réserves et de bouquets de
fleurs en bleu et rouge.

Diam., 240 millim.

49 — **Assiette**. Rouen, xviiie siècle.

Décor en bleu et rouge. Au centre, une tige de rose en bleu et
rouge. Bordure à réserves en bleu et en rouge : compartiments
composés de volutes affrontées, alternant avec des coquilles et des
feuillages.

Diam , 238 millim.

50 — **Assiette**. Rouen, xviiie siècle.

Au centre, un paysage de style chinois : deux personnages jouant
avec un chien. Bordure étroite de style Bérain, interrompue par
les armoiries du marquis Duprat entourées du collier de l'ordre du
Saint-Esprit. Décor bleu, vert, rouge et jaune. Émail très brillant.

Diam., 240 millim.

51 — **Assiette**. Rouen, xviiie siècle.

Décor en bleu, rouge, jaune orangé, jaune clair et vert. Au
centre, un lambrequin surmonté d'un panier fleuri. Bordure de
style Bérain ; compartiments à réserves teintées de bleu et de jaune
d'ocre, alternant avec des coquilles teintées de vert.

Diam., 245 millim.

52 — **Assiette**. Rouen, xviii° siècle.

Décor de style chinois : Buisson fleuri sur lequel sont perchés des oiseaux ; à droite, un lion fantastique. Sur le bord contourné, des tiges de fleurs non symétriques. Bordure rechampie de jaune et de bleu.

Diam., 240 millim.

53 — **Assiette**. Rouen, xviii° siècle.

Décor en bleu, rouge et vert. Au centre, un panier fleuri. Sur le bord, dessin continu de style Bérain, grands lambrequins et coquilles : réserves à quadrillé et à pointillé rouge.

Diam., 252 millim.

54 — **Assiette.** Rouen. Fabrique de Levavasseur. xviii° siècle.

A bords contournés, sur son émail très blanc est peinte au centre une vue de mer : sur le rivage, des personnages en costume oriental. Bord rechampi de rouge et de brun à réserves teintées de vert avec quadrillés. Tons brun, vert, rouge et jaune.

Diam., 245 millim.

55 — **Assiette**. Nevers, xviii° siècle.

Au centre, grand compartiment de grotesques de style Bérain, dessiné en manganèse, teinté de jaune, de bleu et de vert ; imitation du décor de Moustiers. Bordure composée de volutes de feuillages, en vert et en jaune, rechampis de bistre roux. Fond blanc.

Diam., 232 millim.

56 — **Assiette.** Moustiers, xviii° siècle.

Le fond est décoré d'un médaillon circulaire renfermant un paysage : au centre, sur un tertre, est assis, au pied d'un arbre, un satyre ; derrière le tertre, un autre satyre semble l'épier. Bordure de menus feuillages bleus, jaunes et verts. Fond d'émail blanc très brillant.

Diam., 250 millim.

Collection Léquillon.

N° 46

N° 47

N° 49

N° 42

N° 44

N° 43

57 — Assiette. Marseille, xviiᵉ siècle.

A bords contournés, bordés de jaune, elle est ornée en son centre d'une marine : au premier plan, un bateau de pêcheur ; au fond, une falaise et des fabriques. Sur les bords des bouquets de roses.

Diam., 248 millim.

58 — Assiette. Strasbourg. Hannong. xviiᵉ siècle.

A bords contournés, elle est décorée en son centre d'un bouquet dont une rose forme le motif principal. Sur les bords, des tiges de fleurs. Au revers la marque : H
39
90

Diam., 250 millim.

59 — Assiette. Niederviller, 1774.

Elle est à bords contournés à décor jaune et brun imitant les veines du bois ; au centre, un paysage, dessiné en rouge vif. Signée : *Niderville 1774.*

Diam., 245 millim.

60 — Boîte à thé. Delft, xviiiᵉ siècle.

De forme rectangulaire, elle est ornée sur deux de ses faces de bouquets de fleurs de style chinois ; sur les deux autres faces des vases de style chinois également. Décor rouge, bleu et vert. Signée sous la base en bleu : IE
HP

Haut., 130 millim. ; larg., 73 millim. ; épaiss., 50 millim.

61 — Crachoir. Delft, par Adrien Pynacker. Fin du xviiᵉ siècle.

Il est orné, en couleur et or, de sujets relatifs à la récolte et à l'usage du tabac. Marque : A. P. K.

Haut., 80 millim.

62 — Petite bouteille. Delft, par Adrien Pynacker. Fin du xviie siècle.

Piriforme, à pans, elle est décorée en bleu, rouge et or, à l'imitation de la céramique japonaise, de haies fleuries et d'oiseaux dans des compartiments séparés par des bandes bleues. Marque : A. P. K. n° 6.

Haut., 190 millim.

63 — Boîte à épices. Delft, xviiie siècle.

De forme ovale, elle est décorée, ainsi que son couvercle, de rinceaux, d'oiseaux et de quadrillés en couleur et or.

Grand diamètre, 110 millim.
Petit diamètre, 80 millim.

64 — Assiette. Delft, par Adrien Pynacker. Fin du xviie siècle.

Le décor, en camaïeu bleu, est composé d'un monogramme timbré d'une couronne de comte et placé au milieu d'un motif circulaire formé de fleurettes et de rinceaux ; le marli est orné d'un lambrequin. Marquée au revers : A. P. K.

Diam., 230 millim.

65 — Plateau. Rhodes, xviie siècle.

Le décor se compose, au fond, de palmettes et de fleurs polychromes, sur la bordure, de petits rinceaux émaillés bleu et vert foncé.

Diam., 300 millim.

Collection Léguillon.

N° 54

N° 60

N° 55

N° 45

N° 61

N° 63

N° 50

RED. :

25

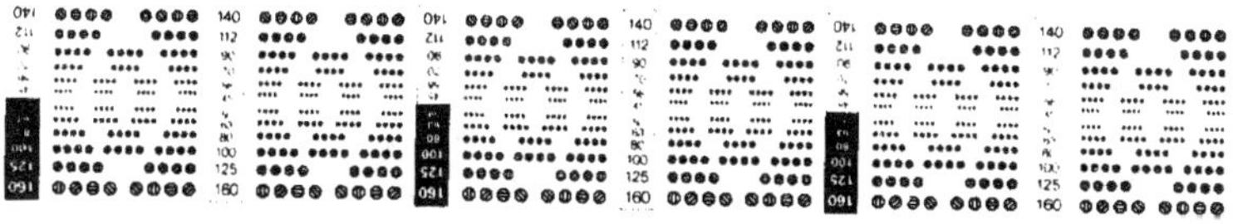

0 1 2 3 4 5 6 7 8 9 10